Dortmunder Buch

1. Auflage

Buchumschlag Motiv:
Matthias Engels

ISBN 978-3-945238-29-5

Thorsten Trelenberg

Aus Worten geboren

Родилось из слов

In einer Übersetzung von
Natalia Kashirina
und
Maria Khavanova

В переводе
Натальи Кашириной
и
Марии Хавановой

Möge dieser Band zum Gelingen des „Westfälisch-Kaukasischen-Literaturkreises“ beitragen.

Пусть этот сборник внесет вклад в становление „Вестфальско-Кавказского литературного круга“.

Vielen Dank für die freundliche Unterstützung

Большое спасибо за дружескую поддержку

DEUTSCH-RUSSISCHE AKADEMIE RUHR

LiteraturRaum DortmundRuhr

Kulturbüro

Stadt Dortmund
Kulturbetriebe

ПЯТИГОРСКИЙ ГОСУДАРСТВЕННЫЙ УНИВЕРСИТЕТ
PYATIGORSK STATE UNIVERSITY
ПГУ PSU

[lila we:]
literaturland westfalen

Auslandsgesellschaft.de

Maloche

Schmerzende Körper Schweiß
Staub Durst Lärm
Überanstrengung

Endlose Tage
Endlose Wochen
Monate ohne Ende

Von Schicht zu Schicht
Treibt die Maschine
Treibt der Mensch den Menschen
Treibt der Mensch sich selbst

Maloche
Die in den Knochen stecken bleibt

Wie schwer ist das Leben
Doch

Was wiegt eigentlich
Ein Arbeitstag

** Maloche = umgangssprachlich Schwerstarbeit

Тяжкий труд

Боль в теле пот
Пыль жажда шум
Перенапряжение

Бесконечные дни
Бесконечные недели
Месяцы которым нет конца

От смены к смене
Понукает нас машина
Человек понукает человека
Человек понукает сам себя

Тяжкий труд
Который остается в костях

Как же тяжела жизнь

И все же

Чего же стоит
Один рабочий день

Mitgift

Sich aus dem Staub machen
Kann hier unten keiner

Zwischen Material und Maschine
Fressen wir den Dreck

Mitten in dieser Zusammenballung
Von Dunkelheit hebt und senkt sich
Der Brustkorb nur mühsam

Staub

Diese wütende Mitgift
In manch einer Lunge

** Gemeint ist die „Staublunge“ , auch Silikose genannt.
(Ihren Gipfelpunkt erreichte die Staublunge 1953 mit rund 9000 entschädigten Fällen. 2010 gab es immerhin noch 1000 anerkannte Fälle.)

Приданное

Исчезнуть отсюда
Не может никто

Между материалом и машиной
Жрём грязь мы

Посреди этого сгустка
Тьмы грудь вздымается
С тяжестью

Пыль

Это остервеневшее приданное
В наших легких

** В качестве «приданного» при работе на шахте многие горняки получали профессиональное заболевание силикоз, в народе «пыльное лёгкое».
(Своего пика оно достигло в 1953 г., когда компенсацию за это заболевание получили около 9000 человек. В 2010 г. заболевание было по-прежнему диагностировано в 1000 случаев.)

Zug um Zug

Da unten reißen sie
Der Erde steinernes Herz
In Stücke

Aus tiefen Schächten
Schürfen sie Tag und
Nacht das schwarze Gold

Zug um Zug um
Zug um Zug um

Zu mästen die
Barone und Herren

Der fauchenden Feuer
Und Schlote die mit
Ihren roten Flammen

Den blassen Himmel
Über den Dächern der
Ausgebluteten
Erleuchten

Вагон за вагоном

Там внизу рвут они
Каменное сердце земли
На куски

Из глубоких шахт
Поднимают они денно и нощно
Черное золото

Вагон за вагоном
Вагон за вагоном

Чтоб кормить
Баронов и господ

Пыхтящий огонь
И трубы которые
Красным огнем

Озаряют
Бледное небо
Над крышами
Обескровленных

Maulwurfshügelreich

(März; eins.neun.vier.fünf)

Wenn über Tage entfesselt
Die Feuer tanzen

Der Tod den Boden düngt
Der Tod die Landschaft erntet
Sie in ein Maulwurfshügelreich
Verwandelt

Fleht nicht nur Barbara
Das glücklose Heer der
Seilscheibenengel an

Wenn über Tage entfesselt
Die Feuer tanzen

Frisst Angst die keuchende Meute
Der Sterblichen die unter Tage
Im Ungewiss gefangen sind

Könntest du jetzt in ihre Herzen
Schauen

Sie glichen zerstörten Häusern

** auch während der Bombardierungen des Ruhrgebiets im 2. Weltkrieg wurde unter der Erde weiter gearbeitet.

Королевство кротовых холмиков

(Март; один.девять.четыре.пять)
Когда над землей танцует огонь*

Смерть удобряет землю
Смерть опустошает землю
И превращает её в
Королевство кротовых холмиков

Барбара** молит о помощи
Ангелов на канатном шкиве
Но услышат ли они ее молитвы

Когда над землей танцует огонь

Страх пожирает хрипящую свору
Смертных которые заперты под
землей в неведении

Заглянул бы ты сейчас в их
сердца
Они сродни разрушенным домам

* Во время бомбардировок
Рурской области в конце Второй
мировой войны работы в шахтах
продолжались.
** Святая Барбара –
покровительница горняков.

Lebensglück

Unter stahlblauem Himmel
Von rauchigen Schwaden
Umhüllt

Erschöpfte Malocher
Träume

Bis in die Stadt hört man
Den Puls der Arbeit
Dröhnen

Mühsal und Lust
Zugleich

Lebensglück
Vielleicht

Im Prater
So erzählen sie
Blüht angeblich wieder
Der Flieder

Счастье в жизни

Под стальным синим небом
Укутаны дымным удушливым
газом

Изможденные работяги
Мечты

До города слышен
Пульс работы
Рёв

Печаль и страсть
Одновременно

Счасте в жизни
Есть наверно

В парке Пратер
Как они рассказывают
Снова будто бы
Цветет сирень

Sonntagsglück

Kinder Kartoffeln Küche
Kirche

Strophe um Strophe
Das Lied nimmt kein
Ende

Einen Segen später
Öffnen sich Portale
Gehört der Sonntag
Endlich uns

Tauben Vatta
Mutta Tag
Kinder Kirmes

So ein Glück

**Vatta = Vater; Mutta = Mutter;
umgangssprachlich

Воскресное счастье

Дети картошка кухня
Церковь

Строфа за строфой
Песне нет конца

После этой молитвы
Откроются врата
Воскресный день
Наконец принадлежит нам

Голуби день отца
И матери
Дети ярмарка

Какое счастье

Rückwirkend betrachtet

War doch jeder Tag
Muttas Tag

Einkaufen Putzen Kochen
Nähen Bügeln

Ihre Sonne war immer von
Gewaschener Wäsche verhangen

Vatta immer auf Wechselschicht
Zwischen Grube und Kneipe

Viel zu oft hatte ihrer beider Liebe
Schweigepflicht

Die enge Mietskaserne
Krakelende Kinderschar

Armut als Allgemeingut
Rückwirkend betrachtet

Alle
Himmelhoch jauchzend
Zu Tode betrübt

Оглядываясь назад

Каждый день был
Материнским днем

Сходи за продуктами приберись
свари подшей погладь

Её солнце всегда было
занавешено постиранным бельем

Отец опять на смене
Где-то между шахтой и кабаком

И их любови слишком часто
Приходилось молчать

Тесная съемная казарма
Орава кричащих детей

Бедность как общественное
Достояние
Оглядываясь назад вижу их

У всех
Ликование до небес
Но до смерти опечалены они

Unser Glück

Hängt nicht an seidenen Fäden

Unter unserem Korb
Fast 800 Meter schwarzes Nichts

Mitgegangen Mitgehangen
Muffensausen zählt hier nicht

Unser Glück in diesem Korb
Hängt an einem Stahldrahtseil

Litzen Drähte Faserseele

Muffensausen zählt hier nicht

** Muffensausen, umgangssprachlich für Angst

Наше счастье

Висит не на шелковых нитях

Под нашей клетью
Почти 800 метров черной пустоты

Прошли мы всю её
Страх мы не берем в расчет

Наше счастье в этой клети
Висит на стальном тросе

Канаты тросы

Страх мы не берем в расчет

Heimatscholle

Wir waren Sklaven
Gut bezahlte Sklaven
Mit all unserem Menschen
Leid

Unter verklärter Heimat
Scholle

Wir waren Vagabunden
Zogen durch dunkle Schächte
Und schlugen der Erde faltiges
Gewand

Unter verklärter Heimat
Scholle

Wir waren Seelen
Verlorene die mit Schlägel und
Eisen den Tod
Verleumdeten

Unter verklärter Heimat
Scholle

Клочок родной земли

Мы были рабами
Хорошо оплачиваемыми рабами
Со всеми нашими человеческими
Горестями

Под блаженным родным
Клочком земли

Мы были бродягами
Скитались по темным шахтам
Ударяя по складкам
Черной рясы земли

Под блаженным родным
Клочком земли

Мы были душами
Потерянными которые молотом
И железом
Оклеветали смерть

Под блаженным родным
Клочком земли

Hauers Leid

Auch unter
Tage drückt
Mein Schulden
Turm

Das treibt
Mich tiefer
In die Erde

Tag für Tag

Treibt mich tiefer
In die Schulden

Tag für Tag

Wie in Trance
Vergeht die Zeit

Zwischen Kohle
Und Kohle

** Sprachspiel: Kohle, umgangssprachlich auch für Geld

Страдания забойщика

И под землей
Давит на меня
Долгов моих
Гора

Она тянет
Меня все глубже
Под землю

День за днем

Утягивает меня
В долговую яму

День за днем

Как будто в трансе
Утекает время

Между углем
И деньгами

Vor Kohle

Nichts als Schwarz
Der Presslufthammer
Nagt an seiner Beute

Glück auf
Glück auf
Ach Glück
Tu dich doch auf

Hier
Melken wir die Erde
Hier
Liebt des Bohrers edler Stahl
Ganz ungehemmt

Die schwarze Braut

Glück auf
Glück auf
Ach Glück
Hör niemals auf

**Glück auf! = Bergmannsgruß

К углю

Ничего кроме черноты
Отбойный молоток
Грызет свою добычу

Счастливо на-гора
Счастливо на-гора
Ах счастье
Покажись наконец

Здесь
Мы доим землю
Здесь
Сталь сверла безудержно
Ласкает

Черную невесту
Счастливо на-гора
Счастливо на-гора
Ах счастье
Не кончайся

Счастливо на-гора! (нем. Glück auf! – приветствие горняков)

Verdammte

Sind wir
Denn es bedarf nur
Eines unbewachten Augenblicks
Schon bist du nur noch ein Schatten
Deiner selbst

Eine Fratze voller Tod

Oft frage ich mich während der
Einfahrt

Ist mein Grubenhemd
Heute
Wohl mein Totenhemd

Проклятые

Да мы проклятые
Ведь достаточно
Одного мгновения
И ты уже лишь тень
Самого себя

Обезображенное смертью лицо

При спуске в шахту я себя часто
спрашиваю

Станет ли моя роба горняка
Сегодня
Моей смертной рубахой

Geschmolzene Butter

Jene
Welche tagaus tagein
Tief hinab in dunkle Schächte
Fahren

Dort
Der Mutter Erde
Tiefe Wunden
Schlagen

Jene
Träumen
Tief unten
In dunklen Schächten

Von Geschmolzener Butter

Растаявшее масло

Те
Кто день за днем
В глубокие темные шахты
Спускаются

Там
Матери земле
Тяжелые раны
Наносят

Те
Мечтают
Там глубоко под землей
В темных шахтах

О растаявшем масле

Nachkriegsglück

Anmutig und betörend
Kommt er daher

Der neue Wohlstand
Zeigt sich nicht nur in den
Schaufenstern

Anmutig und betörend
Kommt sie daher

Nylon heißt das über
Ach so lange Beine
Gespannte Nachkriegsglück

Послевоенное счастье

Грациозно и обворожительно
Приходит оно

Новое благополучие
Не только в витринах
Увидишь его

Грациозно и обворожительно
Идет оно

На длинных ногах
В нейлоновых чулках
Послевоенное счастье

August

Strohballen türmen sich
Auf den Feldern

Ein letzter warmer Abend
Wind

Mäuserascheln
Unter gedroschenen Halmen

Vorherbst hat die Herzen
Ergriffen

Август

Копны сена становятся горой

На полях
Последний теплый вечер
Ветер

Шуршанье мышей
Под обмолотыми колосьями

Предчувствие осени завладело
Сердцами

Schweben

Zwischen Verzicht und
Sehnsucht

Zwischen der Melancholie des
Abschieds

Und der Freiheit des
Aufbruchs

Неопределенность

Между отречением и
Томлением

Между меланхолией
Расставания

И свободой
Нового пути

Einen Sommer lang

Lieben werde ich dich
Einen Sommer lang

Hoffnungslos lieben
Und dir verfallen sein
Einen Sommer lang

Lieben werde ich dich
Meinen Arm
Um deine Schulter legen

Dich im Schatten
Des Mondes zärtlich

Streicheln
Einen Sommer lang

Und ich werde weinen

Weinen um dich
Einen Sommer lang

Wenn Du gehst

Целое лето

Я буду тебя любить
Целое лето

Безнадежно любить
И попасть к тебе в плен
На целое лето

Я буду тебя любить
Класть руку
На твое плечо

При свете
Луны нежно

Гладить тебя
Целое лето

И я буду плакать

Плакать о тебе
Целое лето

Когда ты уйдешь

Ich möchte

Mit der Sonne
Um den Erdball reisen

Mit den Winden
Um den Äquator ziehen

Ich möchte

Diese Trostlosigkeit

Diese traurige undefinierbare

Trostlosigkeit

Zwischen Himmel und Erde
Verlieren

Я хочу

Облететь всю
Планету вслед за солнцем

Вслед за ветром пересечь
Экватор

Я хочу безотрадность
Это грустную неясную
Безотрадность

Потерять
Между землей и небом

Schneegedanken

Hell lodernde Feuer
In mir

An diesem eingefrorenen
Wintertag

Will ich
Heim zu dir

Deinen Leib
Mit meinen Versen kleiden

Заснеженные мысли

Ярко пылающий огонь
Во мне

В этот земерзший
Зимний день

Хочу
Домой к тебе

Твое тело
Облечь в свои стихи

Computerrevolution

Gesellschaften sind aus den
Angeln gehoben
Individuen zerfallen

Grenzen gibt es nur noch
Auf Papier

Mächte sind
Abstrakt
Unsichtbar und
Unpersönlich
Geworden

Im Zentrum der Krise
Der Bürger

Degradiert
Zum Zuschauer
Zum Konsumenten
Zum Produkt

Zusammenleben und
Gemeinwohl sind abhanden
Gekommen

Wo
Ist heute noch Platz
Für eine Utopie

Компьютерная революция

Общество перевернуто
Вверх дном
Распалось на индивидуумов

Границы остались лишь
На бумаге

Сила
Стала
Абстрактной
Невидимой и
Безликой

В центре кризиса
Гражданин

Деградировал
В зрителя
В потребителя
В продукт

Совместная жизнь
И общественное благо
Пропали

Есть ли где-то
Сегодня еще есть место
Для утопии

Chaos

Mitten im Chaos

Ein Lächeln von dir

Mitten im Chaos

Dein Duft und
Deine wehenden Haare

Хаос

В центре хаоса

Твоя улыбка

В центре хаоса

Твой запах и
Твои развевающиеся волосы

Der Erste

Nichts wusste der erste
Vater vom Leiden

Der Dinge und vom stummen
Weinen verlassener Engel

Nichts wusste der erste
Vater vom Schweigen

Verborgener Himmel und
Verlorener Paradiese

Nichts wusste der erste

Первый

Ничего не знал
Праотец о страдании

Вещей и безмолвном
Плаче оставленных ангелов

Ничего не знал
Праотец о молчании

Скрытого неба и
Утерянного рая

Ничего не знал
Праотец

Entlang am See

Nebelwandige Ohnmacht

Taste mich
Entlang am See

Es dauert eine Weile

Fühle mich
Allein

Kein Wind rüttelt
An der Scheune

Keine Jahreszeit
Schimmert auf dem
Wasser

Fühle
Ein Menschenherz

Вдоль озера

Пеленой тумана бессилие

Пробираюсь на ощупь
Вдоль озера

Проходит время

И я ощущаю себя
Одиноким

Ни ветра задувающего
В сарай

Ни времени года
Мерцающего на глади
Воды

Я чувствую
Человеческое сердце

Zaubervogel

Aus roten Schleiern
Steigt hoch

Der liebes
Wunde Mond

In Schmerzen
Lodernd

Schwerelos
Kreist hoch

Über allen Wipfeln
Der Zaubervogel

Волшебная птица

Из красных одеяний
Взмывает высоко

Луна любовной
Раны

В боли
Пылая

Невесомо
Воспаряет вверх

Над всеми вершинами
Волшебная птица

Was wäre dann

Falls sie ja sagt
&
Wir den Traum
Der noch verborgen
Hinter ihren Augen

Gemeinsam lebten

Falls sie ja sagt
&
Der Sekundenzeiger
Den Minutenzeiger
Antreibt

Weil-ja-weil

Die Zeit nicht ewig
Stehen bleibt

Falls sie ja sagt

Was wäre dann

Что если

Если она скажет да
&
И мы проживем мечту
Что еще скрыта
За ее глазами

Вместе

Если она скажет да
&
Секундная стрелка
Минутная стрелка
Начнут свой бег

Потому что – да – потому что

Время не застынет
В вечности

Если она скажет да

А что если

Zarte Erinnerung

Hinter deinen
Geschlossenen
Augenlidern
Tastest du den endlosen
Horizont
Deiner Erinnerungen
Ab

Füllst deine Hände
Immer wieder mit Liebe
Und benetzt
Dir die Brust
Damit

Wie ein kleines Boot
Kämpft dein Herz
Immer und immer wieder
Gegen diese Liebe
An
Die mit wütenden
Wellen
Das Kap deiner Fantasien
Umwogt

Нежные воспоминания

За твоими
Закрытыми
Веками
Идешь на ощупь к бесконечному
Горизонту
Твоих воспоминаний

Снова и снова
Наполняешь ладони любовью
И орошаешь
Ею грудь

Словно маленькая ладья
Борется твое сердце
Снова и снова с
Этой любовью

Которая разъяренными
Волнами
Ударяется о
Мыс твоих фантазий

Frösteln

Schon längst hat sich der Tod in
Ein anderes Schlachtfeld verliebt

Diese Wiese hat ihren Blutzoll ihre
Körper ihre Seelen bekommen

Eigensinnig schön wiegen sich die
Grashalme im lauen Sommerwind

Mich fröstelt es auf der Grasnaht
Bei dem Gedanken an all die
Menschen
Die hier getötet worden sind

Дрожь

Уже давно как смерть
Влюбилась в другое поле боя

Этот луг получил свою кровную
дань
Свои тела и свои души

Как будто себе на уме красиво
колышатся
Травы на теплом летнем ветру

Меня пробирает дрожь
При мысли о всех тех людях
Которых убили

Gettokinder

Lächeln
Betteln für ein Stück
Brot

Gettokinder

Lächeln
Mit zugeschnürter Kehle

Jeden Tag ein anderes
Tod

Дети гетто

Улыбаться
Выпрашивать кусок
Хлеба

Дети гетто

Улыбаться
Со стянутой глоткой

Каждый день новая
Смерть

Einzelhaft

Blut und Schweiß
Sind von Beton
Und Stahl längst
Aufgesogen

Hilferufe verhallen
Ungehört an der
Schweren Holztür

Fenster gittern
Hoffnungen

Одиночное заключение

Кровь и пот
Уже давно впитались
В бетон
И сталь

Крики о помощи затихают
Неуслышанными у
Тяжелой деревянной двери

Окна решетки
Надежды

Ehrenwort

Das Ehrenwort des Kommandanten
Der versichert es werde niemand
Getötet ist noch nicht ganz
Verklungen
Da tauchen die Soldaten aus dem
Weinberg auf und beginnen sofort
Zu schießen

Die Kinder wollen in die Schule
Rennen
Wollen sich dort verstecken

Jetzt färbt ihr Blut den Schnee
Rot
Die Schrift in den Schulheften
Verläuft

Die Kinder wollten in die Schule

Jetzt friert der eisige Wind
Das Entsetzen
Auf ihren Gesichtern ein

Честное слово

Честное слово комманданта
Который уверял что никто
Не будет убит едва
Прозвучало
И из-за виноградника
появились Солдаты
И начали сразу стрелять

Дети хотят бежать в школу
Хотят там
Спрятаться

Вдруг снег окрашивается
Красным
Записи в школьных тетрадках
Расплываются

Дети хотели бежать в школу

Теперь леденящий ветер
Замораживает
Ужас на их лицах

Mädchenaugen

Nur noch das Bild
Vor ihr dort im
Rahmen an der Wand
Wirft einen Schatten
Wirft einen Schatten
An die Wand
Der Todesbaracke

Ihre unschuldigen
Kinderaugen glänzen
Schon auf dem Foto
Nicht mehr

Die längst verbrannten
Augen fragen

Auch noch heute

Fragen

Auch noch heute

WARUM?

Глаза девочки

Только лишь фото
Ее там
В рамке на стене
Отбрасывает тень
Отбрасывает тень
На стену
Барака смерти

Ее невинные
Детские глаза
Больше не блестят
Даже на фото

Давно выгоревшие
Глаза спрашивают

По сей день

Спрашивают

По сей день

ПОЧЕМУ?

Kaffihus

Hinter der Kaffeehaustheke ist
Die Welt zu Gast

16 Sorten Tee
        Gepflückt in China Japan
Indien ...
10 Sorten Kaffee
        Gereift in Afrika Asien der
Karibik ...

Dazu Kaffeearomen
        Jener Schatz von Düften
        Den man kaum in Worte
Kleiden kann

Fauchend
Bestimmt eine Espressomaschine
Den Takt des jungen Wintermorgens

Um die weite Welt zu erobern
Bricht von hier kein Wikinger mehr
Zu jahrelangen Entdeckungsreisen
Auf

Die neue weite Welt kommt
Bequem auf Knopfdruck und per
WLAN
Bis auf die gedeckten Tische

Кофехаус

За стойкой кофейни
Собрался весь мир

16 сортов чая
        Собранного в Китае, Японии,
Индии ...
10 сортов кофе
        Созревшего в Африке, Азии,
На Карибах ...

А еще кофейные ароматы
        То сокровище запахов
        Которое вряд ли можно
Облечь в слова

Фырча
Задает эспрессо-машина
Такт раннего зимнего утра

Чтобы завоевать мир
Ни один викинг больше не
Отправится отсюда
В многолетнюю экспедицию

Новый мир доставлен
С удобством одним нажатием Кнопки
и по вай-фаю
Прямо к накрытым столам

Mentale Überdüngung

Sieh mal
Tosende Wasser fallen
Sieh mal
Schwefelquellen blubbern
Sieh mal
Gletscherkappen frieren

Sieh mal
Kleben da nicht bunte Häuschen
An schneegefleckten Fjordflanken

Sieh mal Sieh mal Sieh mal

Nicht nur die Schwalben schlagen
Vor Freude mit den Flügeln

Sieh mal Sieh mal Sieh mal

Warte
Erst einmal tief Luft holen

-

Zustand mentaler Überdüngung

Духовное переудобрение

Смотри-ка
Падают бушующие воды
Смотри-ка
Серные источники кипят
Смотри-ка
Мерзнут шапки ледников

Смотри-ка
Не яркие ли домики прилеплены
Там на покрытых снежными
пятнами фьордах

Смотри-ка Смотри-ка Смотри-ка

Не только ласточки от радости
Взмахивают крыльями

Смотри-ка Смотри-ка Смотри-ка

Постой-ка
Сначала вздохнуть глубоко

-

Состояние духовного переудобрения

Alles

(für Birgitta)

Jetzt da ich
Anfällig bin

Für deine Liebe
Verspreche ich
ALLES

Dem Polar
Bären kraulen
Wir sein Fell

Aurora borealis
Flechte ich dir
Ins Haar

Den Nord
Stern
Pflücke ich uns
Zum Dessert

Heute Nacht

Da ich dich
Begehr

Всё

(Биргитте)

Сейчас потому что
Я подвержен

Любви твоей
Обещаю
ВСЁ
Белому
Медведю почешем
Брюхо

Северное сияние
Заплету тебе я
В волосы

Полярную
Звезду
Сорву я нам
На десерт

Сегодня ночью

Потому что
О тебе мечтаю

Atmen das Meer

Komm
Wir atmen das Meer

Und das weiche Licht zwischen den
Wolken
Und die dünnen Schatten der
Grashalme

Komm
Wir atmen das Meer

Und den leichten Flügelschlag der
Schwalben
Und das flüchtige Sirren der
Insekten

Komm
Wir atmen

Дышать морем

Пойдем
Подышим морем

И мягким светом между облаков
И тонкими тенями трав

Пойдем
Подышим морем

И легким взмахом ласточкиных
крыл
И едва уловимым жужжаньем
насекомых

Пойдем
Подышим

Herbst

Kommt nicht
Mit leeren Händen

An windstillen Tagen
Erinnert ein bunter Drachen
An losgelöste
Winde

Erinnert ein bunter Drachen
An eine unerfüllte
Liebe

Осень

Не приходит
С пустыми руками

В безветренные дни

Цветной воздушный змей
Напоминает
Вырвавшиеся на свободу
Ветра

Цветной воздушный змей
Напоминает
О несбывшейся
Любви

Heimaterde

Heimat

Ein Stück Erde
Ein Geruch
Ein Gefühl

Heimat

Eine Sehnsucht
Eine Berührung

Oder nur

Ein Traum

Родная земля

Родина

Кусочек земли
Запах
Чувство

Родина

Тоска
Прикосновение

Или просто

Мечта

Menschheit

Der Erde müde

Nun auf der Suche
Nach sich selbst
Und nach der
Ewigkeit

Doch nur im Denken
Findet sich
Unsterblichkeit und
Unendlichkeit

Человечество

Земли устало

От поиска
Самих себя
И поиска
Вечности

Но только в раздумьях
Можно найти
Бессмертие и бесконечность

Ich sagte

Vertraue nicht
Auf das Wort von ÖKONOMEN

Vertraue nicht
Auf das Wort von ANALYSTEN

Vertraue nicht
Auf das Wort von ASTROLOGEN

Vertraue nicht
Auf das Wort von POLITIKERN

Ich sagte

Schau zum Fenster hinaus

Vertraue dir SELBST

Я сказал

Не доверяй
Словам ЭКОНОМИСТОВ

Не доверяй
Словам АНАЛИТИКОВ

Не доверяй
Словам АСТРОЛОГОВ

Не доверяй
Словам ПОЛИТИКОВ

Я сказал

Выгляни из окна

И доверься СЕБЕ

Mai

Und plötzlich
Freue ich mich
Über jede Schwalbe
Die über unseren Köpfen
Ihre Runde dreht
Um dort mit ihrem
Fliegenden Herzen
Den Himmel mit Leben
Zu füllen

Denn

Die Spatzen sind
Nicht mehr da

Und

Die Maikäfer
Werden auch noch
Gesucht

Май

И вдруг
Я радуюсь
Каждой ласточке
Которая кружит
Над нашими головами
Чтобы там
Своим парящим сердцем
Наполнить небо
Жизнью

Потому что

Воробьев
Там больше нет

Ну а

Майских жуков
Еще надо
Поискать

Der Autor

Thorsten Trelenberg

Lyriker, Kinderbuchautor & Flusspoet

Mitglied im vs.verdi

Verband deutscher Schriftstellerinnen und Schriftsteller

ist mit Kurzgeschichten und Gedichten in über 100 Anthologien vertreten und veröffentlichte bis heute zahlreiche Gedichtbände, Kinderbücher, sowie 5 CDs mit vertonten Gedichten

2012 Alfred-Müller-Felsenburg-Preis für aufrechte Literatur

www.thorsten-trelenberg.de

Торстен Треленберг

Лирик, автор книг для детей и «речной» поэт,

Член Союза немецких писателей vs.verdi,

Известен своими новеллами и стихами, опубликованными более чем в 100 антологиях, опубликовал до сегодняшнего дня многочисленные сборники стихов, а также 5 дисков с озвученными стихами.

В 2012 г. получил премию Альфреда-Мюллера-Фельзенбурга за «честную и правильную» летературу.

www.thorsten-trelenberg.de

Die Übersetzerinnen -
Переводчицы

Natalia Kashirina

ist im Süden Russlands geboren. Sie hat an der „Pjatigorsker Staatlichen Linguistischen Universität" Deutsch und Englisch studiert. Seit 2002 ist Natalia als Dozentin an der „Pjatigorsker Staatlichen Universität" und als Koordinatorin der internationalen Beziehungen mit Deutschland am Institut für Fremdsprachen und internationalen Tourismus tätig.

Seit 2018 ist sie Multiplikatorin des Goethe-Instituts.

Наталья Каширина

родилась на юге России.
Она получила образование в Пятигорском государственном лингвистическом университете по специальности «Немецкий и английский язык». С 2002 г. Наталья является доцентом Пятигорского государственного университета и координатором международных связей с Германией при Институте иностранных языков и международного туризма.

С 2018 г. она является мультипликатором Гёте-Института.

Maria Khavanova,

geboren in Syktywkar,
Russland, lebt seit 2013 in
Deutschland.
Sie hat Internationale
Beziehungen an der
„Staatlichen Universität
von Sankt-Petersburg“ und
Europäische Kultur und
Wirtschaft an der „Ruhr-
Universität Bochum“ studiert.
Seit 2017 koordiniert sie das
Projekt „Deutsch-Russische
Akademie Ruhr“ bei der
Auslandsgesellschaft in
Dortmund.

Мария Хаванова,

родилась в Сыктывкаре (Россия),
с 2013 г. живет в Германии,

изучала международные отношения в Санкт-Петербургском государственном университете и европейскую культуру и экономику в Рурском университете в Бохуме. С 2017 г. координирует проект «Германо-Российская Академия Рур» при Auslandsgesellschaft (зарубежное общество) в Дортмунде.

Beim Verlag Dortmunder Buch sind erschienen:

Peter Gallus

Vor Allahs Angesicht - Roman

Going Upstairs - Roman über den afrikanischen Exodus

Der Ritter mit dem eisernen Halsband - Roman

Das Eiserne Halsband des Lambert von Oer - Dokumentation

Tod vor Toulon - Roman aus dem Seglermilieu

Der Schulstreit von Havixbeck - Theaterstück

Das Weihnachtsmusical - Über die Geburt Christi

Buße für Melchior - Theaterstück

Das Eiserne Halsband - Theaterstück

Pastorin & Kalaschnikow - Krimiserie

Thorsten Trelenberg

Das atmende Lid - Ausgewählte Gedichte

Flusspoet - Ausgewählte Gedichte

Poesieoasen- Ausgewählte Gedichte

Herzklappenartisten- Ausgewählte Liebesgedichte

Für das Erinnern- Ausgewählte Gedichte

Roland Höft

Wir schaffen das [nicht] - Chronik eines Staatsbankrotts

Jan Michaelis, Barbara Klein, Judith Gottschalk, Elisabeth Jansen, Peter Gallus, Heidelore Verhasselt

Frauen–Mörder–Mörderinnen - Krimianthologie

Dr.Wilfried Grewing, Bernhard Lüke

Die Heiligen von Kakesbeck - Sachbuch
100 Jahre Hünnebeck - Sachbuch

Thorsten Schröder

Wärmequellen für Wärmepumpen - Sachbuch

Patrick Fichter

Mein Plan ist kein Plan - Reisetagebuch

Dr. Gerd Möller

Erinnerungen einer Mutter von fünf Söhnen - Biographie
Das Leben ist ein Streichelzoo - Biographie eines Widerspenstigen

Heidelore Verhasselt

Lebenskarussel - Biographie

Barbara Klein

Halifax and More - Erlebnisbericht
Josefus von Speckstein - Kinderroman

Literatengruppe Dortmund

Die Lynchen uns - Kettenroman

Schön hier - Lieblingsplätze und Herzensorte

Peter Dürrbaum

Manchmal denke ich an Cordes - Erinnerungen

Ali Fuat Kop

Suskun Diller Diyari - Gedichtband (Türkisch)

Eylül'de Sekizlerin Türküsü - Roman

Hassan Lütfi Kop

Blutregen über Kurdistan - Roman (Türkisch)

Kurden und Kurdistan - Geschichtsbuch (Türkisch)

Devre-i mihne - Gedichtband

Margarete Koppetsch

Gleich einem Sommertag - Biographischer Roman

Verlag Dortmunder Buch
Dieckmannweg 3a
44339 Dortmund
Tel: +49 (0)231 2206602
Fax: +49 (0)231 2206603
verlag@dortmunder-buch.de
www.dortmunder-buch.de